Analyse de l'œuvre

Par Guillaume Peris
et Apolline Boulanger

Micromégas

de Voltaire

lePetitLittéraire.fr

Rendez-vous sur lepetitlitteraire.fr et découvrez :

Plus de 1200 analyses
Claires et synthétiques
Téléchargeables en 30 secondes
À imprimer chez soi

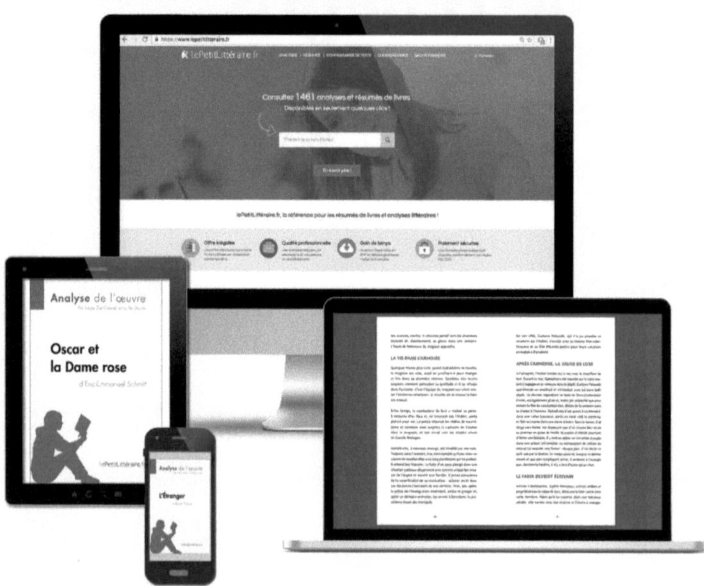

VOLTAIRE   1

MICROMÉGAS   2

RÉSUMÉ   3

Chapitre I
Chapitre II
Chapitre III
Chapitre IV
Chapitre V
Chapitre VI
Chapitre VII

ÉTUDE DES PERSONNAGES   6

Micromégas
Le Saturnien
Les philosophes

CLÉS DE LECTURE   11

Micromégas, un conte philosophique
Une critique de la société
du XVIIIe siècle
Un voyage vers la philosophie idéale

PISTES DE RÉFLEXION   24

POUR ALLER PLUS LOIN   25

VOLTAIRE

ÉCRIVAIN ET PHILOSOPHE FRANÇAIS

- **Né en 1694 à Paris**
- **Décédé en 1778 dans la même ville**
- **Quelques-unes de ses œuvres :**
  - *Zadig ou la Destinée* (1748), conte philosophique
  - *Candide ou l'Optimisme* (1759), conte philosophique
  - *L'Ingénu* (1767), conte philosophique

Voltaire, de son vrai nom François Marie Arouet, est un philosophe et écrivain français qui fut l'une des figures de proue des Lumières. Né en 1694, il fait des études brillantes chez les jésuites, malgré son esprit indiscipliné. À sa sortie du collège, il se fait connaitre par ses écrits satiriques, dans lesquels il attaque, notamment, le régent. Cela lui vaut un séjour de onze mois à la Bastille.

À sa sortie, il défend encore et toujours ses positions à travers des procédés littéraires divers, notamment l'ironie. La dimension très critique de ses ouvrages l'oblige à s'exiler en Angleterre, où il découvre un nouveau système politique qui le fascine. De la même façon, il séjourne en Prusse, aux côtés de Frédéric II (1740-1786), qui représente le modèle du monarque éclairé qu'admire Voltaire, bien que les deux hommes finissent par se disputer. À son retour en France, il s'installe à Genève puis à Ferney. Il finira ses jours à Paris en 1778. Il laisse une œuvre imposante et protéiforme, mais répondant toujours à son combat pour la liberté, la tolérance et le savoir.

MICROMÉGAS

UN REGARD « AUTRE » SUR LE MONDE

- **Genre :** conte philosophique
- Édition de référence : *Micromégas*, in *Romans et contes*, Paris, Garnier-Flammarion, 1966, 720 p.
- **1ʳᵉ édition :** 1752
- **Thématiques :** philosophie, science, connaissance, relativisme, sagesse

Paru en 1752, *Micromégas* est un conte dont le protagoniste, un géant nommé Micromégas originaire d'une planète des environs de l'étoile Sirius, parcourt la galaxie avec son ami de la planète Saturne afin d'approfondir ses connaissances philosophiques. Le Sirien n'est pas sans rappeler Gulliver ou encore Gargantua. On y retrouve aussi des allusions à Fontenelle (écrivain français, 1657-1757).

Voltaire, dans ce conte assez court, propose sa définition de la raison et suggère que la connaissance n'est que relative. Mais le texte n'a rien de scientifique pour autant. Si l'étude de Newton (1642-1727) donne à Voltaire l'idée de faire voyager Micromégas grâce à la gravitation, ce dernier le fait seul, sans vaisseau ni véhicule d'aucune sorte.

RÉSUMÉ

CHAPITRE I

Voltaire présente Micromégas, originaire d'un satellite de Sirius, et mêle à sa description des considérations scientifiques parodiques. Suite à la publication d'un ouvrage mal reçu, le géant mesurant huit lieues de haut est banni et se met à voyager de planète en planète. Sur Saturne, il se lie d'amitié avec le secrétaire de l'Académie des sciences.

CHAPITRE II

Micromégas et le Saturnien entament une conversation. Le premier interroge le secrétaire de l'Académie sur Saturne : combien les Saturniens ont-ils de sens ? Combien de temps vivent-ils ? De combien de couleurs primitives disposent-ils ? À la fin de cette conversation, ils décident d'entamer un voyage philosophique ensemble.

CHAPITRE III

Bien que la maitresse du Saturnien essaie de le retenir, les deux compagnons entreprennent leur voyage. De lune en lune, puis en empruntant une comète, ils arrivent à Jupiter, où ils restent un an. Ils dépassent ensuite Mars sans s'y arrêter et font escale sur la Terre, sautant dans une aurore boréale depuis la queue de la comète.

CHAPITRE IV

Les deux voyageurs font le tour de la Terre et concluent que personne ne voudrait vivre dans un endroit de ce genre. Au cours d'une conversation, Micromégas casse son collier. En voulant récupérer les diamants tombés sur le sol, les deux compagnons découvrent une baleine. Ils s'apprêtent à conclure, en l'observant, que cette créature ne possède pas d'âme et constitue la seule espèce présente sur Terre, lorsqu'ils remarquent quelque chose d'aussi gros qu'une baleine : un bateau qui ramène des philosophes du cercle polaire.

CHAPITRE V

Micromégas saisit le bateau et le place sur son ongle. Ce n'est qu'en sentant des picotements sur la peau qu'il comprend que quelque chose en est sorti. Ils se mettent alors à observer les hommes, et le Saturnien croit les voir se reproduire.

CHAPITRE VI

Micromégas constate qu'ils ne se reproduisent pas mais se parlent. Il s'emploie alors à mettre au point un système pour communiquer. Les deux voyageurs se rendent alors compte que les philosophes avec qui ils s'entretiennent sont doués d'intelligence.

CHAPITRE VII

Les deux voyageurs conversent avec les philosophes, et mesurent l'étendue de leurs connaissances et leur ignorance. Ils finissent par apprécier le discours inspiré par Locke (philosophe anglais, 1632-1704), mais se rient des préceptes de saint Thomas d'Aquin (théologien italien et docteur de l'Église, 1225-1274). Ils prennent congé des hommes après leur avoir remis un ouvrage de philosophie leur permettant de voir le bout des choses, mais qui est composé de pages blanches.

ÉTUDE DES PERSONNAGES

MICROMÉGAS

Micromégas est le personnage principal du conte philoso-phique. Son nom fantaisiste est destiné à produire un effet comique, mais aussi à annoncer le thème du conte. En effet, en grec, *micros* signifie « petit » et *mégas* « grand ». Outre le paradoxe amusant qu'il présente, son nom laisse supposer que Micromégas fait figure de petit. Cela permet à Voltaire d'amener dès le début de son conte l'idée de relativisme. Ce géant qui mesure près de huit lieues de haut est originaire d'une planète du système Sirius, la plus éclatante des étoiles.

Philosophe à l'esprit vif, il a soif de savoir et aime la controverse. Il est présenté comme un « jeune homme de beaucoup d'esprit » (chapitre I), qui fait preuve d'une pensée scientifique novatrice. Il est d'ailleurs annoncé comme étant plus savant que Pascal (mathématicien, physicien et écrivain français, 1623-1662) :

> « Il devina, par la force de son esprit, plus de cinquante pro-positions d'Euclide [mathématicien grec, IIIe siècle av. J.-C.]. C'est dix-huit de plus que Blaise Pascal. » (*ibid.*)

Pour autant, son esprit scientifique ne l'empêche pas d'être banni pour avoir publié un livre aux idées jugées subversives. Bien qu'il se défende avec esprit et mette les femmes de son côté, il n'échappe pas à l'exil.

On ne peut que remarquer que Micromégas est en partie

présenté comme un double de Voltaire. On retrouve en effet un certain nombre de caractères similaires, ne serait-ce que le désir de connaissance et de vérité qui conduit à l'exil.

Outre cette proximité avec Voltaire, le personnage comporte un certain nombre de similitudes avec *Candide* ou *L'Ingénu*, qu'il annonce dans une certaine mesure. Tous trois héros d'un récit de formation, c'est-à-dire racontant l'évolution d'un jeune héros au travers d'expériences et d'épreuves, ils ont des destins semblables. Condamnés à l'exil, ils sont guidés par une grande curiosité et un idéal de perfection. Si la finalité diffère, Micromégas n'ayant pas de Cunégonde ou de Mademoiselle de Saint-Yves à retrouver, tous trois cherchent à s'accomplir et sont destinés à faire vivre les idées des Lumières.

LE SATURNIEN

Micromégas rencontre le Saturnien lors de son voyage sur la planète Saturne. Secrétaire de l'Académie des sciences de sa planète, il décide de tout abandonner (y compris sa fiancée qui ne tarde pas à le remplacer) pour accompagner le géant sirien dans son voyage. Féru de philosophie mais ignorant de la bonne raison prônée par Micromégas qui consiste à examiner avant de porter un jugement, il est placé en position d'infériorité face à celui-ci et apparait comme son disciple. Tandis que le géant de Sirius mesure 120 000 pieds, le Saturnien n'en fait que 6 000. Il est d'ailleurs qualifié de « nain » quand Micromégas est appelé « Son Excellence ». Sa réaction, souvent impulsive et basée sur des à priori, sert de contre-exemple :

> « Le nain, qui jugeait quelquefois un peu trop vite, décida
> d'abord qu'il n'y avait personne sur terre. Sa première raison
> est qu'il n'y avait vu personne. Micromégas lui fit sentir
> poliment que c'était raisonner assez mal : « Car, disait-il,
> vous ne voyez pas avec vos petits yeux certaines étoiles de
> la cinquantième grandeur que j'aperçois très distinctement ;
> concluez-vous de là que ces étoiles n'existent pas ? »
> (chapitre IV)

On pourrait également rapprocher ce personnage de
l'écrivain Fontenelle, auquel il est indirectement comparé,
présenté comme « un homme de beaucoup d'esprit, qui
n'avait à la vérité rien inventé, mais qui rendait un fort bon
compte des inventions des autres, et qui faisait passable-
ment de petits vers et de grands calculs » (chapitre I). Le fait
que Voltaire mentionne ici le « fort bon compte » que rend
le Saturnien des découvertes scientifiques fait allusion à
l'œuvre majeure de Fontenelle, les *Entretiens sur la pluralité
des mondes* (1686), œuvre de vulgarisation scientifique qui
connut un grand succès.

LES PHILOSOPHES

Lors de leur voyage sur la Terre, Micromégas et son ami le
Saturnien finissent par découvrir l'existence de la vie sur
Terre et dialoguent avec l'équipage d'un navire, composé
essentiellement de philosophes. Les deux géants les
distinguent à peine et sont obligés d'observer dans un
microscope improvisé ces êtres infiniment petits. Une
fois le contact établi, ils remarquent que les compétences
scientifiques des hommes sont loin d'être inexistantes et
interrogent les philosophes présents sur le navire afin d'en

éprouver la pensée. On distingue :

- **un partisan d'Aristote**. Il reprend les affirmations des Anciens dans leur langue d'origine sans les comprendre ou les remettre en question. Son absence de jugement sur les propos qu'il tient est rendue comique : « C'est ce que déclare expressément Aristote page 633 de l'édition du Louvre. » (chapitre VI) ;
- **un cartésien**. Reprenant la pensée de Descartes (philosophe, mathématicien et physicien français, 1596-1650), il définit l'esprit comme étant l'opposé de la matière : ce qui ne peut pas se sentir, qui n'est ni palpable ni divisible. Cette déclaration est rejetée par Micromégas qui lui signale que ce qui compose un objet ne peut être totalement connu, et donc qu'aucune de ses définitions n'a de sens ;
- **un malebranchiste**. Ce disciple de Malebranche (philosophe français, 1638-1715) répond de manière caricaturale à la question de Micromégas : qu'est-ce que l'âme ? Pour lui, l'âme est dirigée par Dieu, il en est la marionnette –, ce à quoi le « sage de Sirius » (*ibid.*) déclare qu'il vaudrait mieux ne pas « être » du tout ;
- **un leibnizien**. Utilisant l'une des théories de Leibniz (philosophe allemand, 1646-1716), il déclare que toutes les existences sont parallèles, interagissent de manière réglée et convenue d'avance. L'âme est le miroir de l'univers, un microcosme reflétant le macrocosme. Si Micromégas ne fait pas de commentaire, on comprend que cette interprétation du monde est, elle aussi, rejetée : la profusion de comparaisons et la conclusion du philosophe (« cela est clair », chapitre VII) vont à l'encontre

de la pensée du géant qui voit le monde tel qu'il est et le comprend par l'expérience qu'il en fait ;

- **un partisan de Locke**. Cet admirateur de Locke est beaucoup plus humble et ne prétend pas comme ses collègues avoir une connaissance des éléments composant le monde et l'homme, et ne fait appel à aucune doctrine philosophique : il se fie à ses sens avant de préciser sa position. Il est le seul philosophe que Micromégas considère avec intérêt ;

- **un docteur de la Sorbonne**. Il est ici tourné en ridicule en raison de sa petitesse : « un petit animalcule en bonnet carré » (*ibid*.). Il représente la pensée de saint Thomas d'Aquin et la théorie de l'anthropocentrisme qui consiste à croire que tout est créé autour de l'homme et spécialement pour lui. Il coupe la parole aux autres pour imposer la sienne qui provoque un fou rire chez les deux visiteurs : il représente l'élite intellectuelle de la France et est ici le seul à ne pas être pris au sérieux.

CLÉS DE LECTURE

MICROMÉGAS, UN CONTE PHILOSOPHIQUE

Micromégas est un conte philosophique, genre littéraire né au XVIIIe siècle qui a notamment été popularisé par Jonathan Swift (1667-1745) avec *Les Voyages de Gulliver* (1726) et par Voltaire.

Hybride, ce type d'écrit emprunte plusieurs de ses caractéristiques au conte et possède des traits communs avec le roman de formation. Débutant généralement par une formule proche du traditionnel « il était une fois », le conte philosophique est un récit fictif centré autour d'un individu entreprenant un voyage. Au cours de ses aventures le personnage découvre des civilisations ayant beaucoup de traits communs avec le monde réel. Par ce procédé, l'auteur offre un regard étranger sur une société semblable à la nôtre et peut, au moyen de procédés comiques et par le point de vue souvent naïf et sans à priori du héros, en donner un jugement. Sa forme légère et accessible permet à l'auteur de critiquer de manière indirecte les mœurs et usages de son époque tout en faisant passer son propre message philosophique.

Micromégas s'inscrit donc dans cette veine. Le narrateur prend la position de conteur et s'exprime à la première personne du singulier en interpellant parfois le lecteur afin de mieux susciter son attention : « Dans une de ces planètes [...] il y avait un jeune homme de beaucoup d'esprit, que j'ai eu l'honneur de connaître. » (chapitre I) À travers cette introduction, on découvre que le personnage principal va entreprendre un « voyage philosophique ». Son regard extérieur sur la société qui est la nôtre permet à Voltaire de fonder sa critique autour de procédés comiques et de communiquer au lecteur ses pensées. Enfin, le fait de mettre en communication le personnage de Micromégas avec un individu moins sage que lui mais toutefois savant (le Saturnien) permet à l'auteur de rendre accessible leur raisonnement et leur pensée par la forme très pédagogique du dialogue, qui stimule également le lecteur.

On trouve donc un récit empreint de la tradition du conte qui dresse une critique de la société du XVIIIe siècle, rendue comique et ridicule, ce qui permet à l'auteur de transmettre un message, d'amener sa propre conception philosophique du monde autour de questions telles que la raison, la religion ou encore la justice.

UNE CRITIQUE DE LA SOCIÉTÉ DU XVIIIE SIÈCLE

À l'époque de la publication de *Micromégas*, la France est dirigée par Louis XV (1710-1774), un monarque absolu.

Voltaire se sert de ce conte philosophique pour dresser la critique de ce système en défiant ses concepts fondateurs. La politique, la justice, la religion, l'éducation et les croyances scientifiques sont examinées d'un œil neuf, celui de l'étranger Micromégas qui arrive sur la Terre et se veut juste, examinant de près toute chose avant de les juger.

Critique de la politique et de la justice

À travers ce conte, Voltaire critique certains aspects de la monarchie, son pouvoir arbitraire et, par la même, la justice qui règnent en France.

Cette suprématie est tout d'abord incarnée par le muphti, personnage à la source de toute décision prise sur la région de la planète Sirius, d'où vient Micromégas.

> « Le muphti de son pays, grand vétillard et fort ignorant, trouva dans son livre des propositions suspectes, malsonnantes, téméraires, hérétiques, sentant l'hérésie, et le poursuivit vivement : il s'agissait de savoir si la forme substantielle des puces de Sirius était de même nature que celle des colimaçons. Micromégas se défendit avec esprit ; il mit les femmes de son côté ; le procès dura deux cent vingt ans. Enfin, le muphti fit condamner le livre par des jurisconsultes qui ne l'avaient pas lu, et l'auteur eut ordre de ne paraître à la cour de huit cents années. » (chapitre I)

Le terme « muphti », emprunté à la religion arabo-musulmane, renvoie à un personnage religieux qui veille à ce que la loi édictée dans son pays soit en conformité avec la religion. Ici, il représente le pouvoir décisionnel et est introduit de manière très péjorative. L'adjectif « vétillard » fait référence à quelqu'un conférant de l'importance à des choses minimes et dépassées. En plus de cela, il est « fort ignorant ». Le pouvoir est donc entre les mains de quelqu'un qui ne sait ni juger de l'importance des choses et qui est peu instruit. Cela parait donc insensé, d'autant plus que son jugement n'est ni examiné ni contesté. Par cette description, Voltaire condamne donc une première fois le pouvoir arbitraire et la justice. En plus de n'être basée sur aucun fait concret, elle prend du temps à formuler un avis définitif, le procès ayant durée deux-cents-vingt ans.

Cette critique politique porte également sur la guerre, introduite lors de la conversation de Micromégas et du Saturnien avec les hommes. Les conflits violents qui animent la Terre apparaissent inutilement destructeurs :

> « Ce n'est pas qu'aucun de ces millions d'hommes qui se font égorger prétendent un fétu sur ce tas de boue [...] presque aucun de ces animaux qui s'égorgent mutuellement n'a jamais vu l'animal pour lequel ils s'égorgent. [...] Sachez qu'au bout de dix ans il ne reste jamais la centième partie de ces misérables ; sachez que, quand même ils n'auraient pas tiré l'épée, la faim, la fatigue ou l'intempérance les emporte presque tous. D'ailleurs ce n'est pas eux qu'il faut punir : ce sont ces barbares sédentaires qui, du fond de leur cabinet, ordonnent, dans le temps de leur digestion, le massacre d'un million d'hommes, et qui ensuite en font remercier Dieu solennellement. » (chapitre VII)

La guerre, décidée par les monarques, apparait donc ici comme violente, destructrice, inutile et source de malheur pour le peuple, profitant seulement à ceux qui l'ordonnent et qui n'y participent pas, gouvernant depuis leur vie confortable et opulente. De même que les jugements infondés du pouvoir et de la justice, la guerre, décidée par les mêmes personnes, apparait comme totalement arbitraire et de nature insignifiante (on se dispute pour des « tas de boue »).

Critique de la religion

La critique du pouvoir touche également de très près la religion. Il est rapidement question de « jésuites » sur la planète de Sirius : Micromégas étudie « selon la coutume » à leur école (chapitre I).

Le Sirien est également présenté comme supérieur à Blaise Pascal, « géomètre assez médiocre et un fort mauvais métaphysicien » (chapitre I), qui est ici critiqué pour sa théorie selon laquelle l'homme est mauvais par essence et dépend de la grâce de Dieu.

Le muphti n'est pas sans rappeler l'archevêque de Paris qui comme lui a pour mission de veiller à la bonne concordance entre religion et politique. Les attributs péjoratifs du muphti et l'exil qu'il fait subir à Micromégas sont d'ailleurs raillés : « Il [Micromégas] ne fut que médiocrement affligé d'être banni d'une cour qui n'était remplie que de tracasseries et de petitesses. » (*ibid.*).

L'existence de Dieu est également remise en question lorsque, contrairement aux déclarations du vicaire Derham qui cherche à la démontrer par la beauté de la nature, Micromégas ne voit rien de ce qu'il décrit dans ses livres :

> « Il parcourut la voie lactée en peu de temps ; et je suis obligé d'avouer qu'il ne vit jamais, à travers les étoiles dont elle est semée, ce beau ciel empyrée que l'illustre vicaire Derham se vante d'avoir vu du bout de sa lunette. Ce n'est pas que je prétende que M. Derham ait mal vu, à Dieu ne plaise ! mais Micromégas était sur les lieux, c'est un bon observateur, et je ne veux contrarier personne. » (*ibid.*)

La position de William Derham (philosophe et homme d'Église britannique, 1657-1735) est ici raillée, de même que l'existence de Dieu. En effet, Voltaire s'appuie sur les observations d'un personnage fictif pour faire apparaitre l'incohérence des propos de Derham, mettant l'existence de Dieu et celle de Micromégas sur le même plan. De ce fait, il signifie que le dieu des chrétiens est autant fiction que l'aventure de Micromégas.

La religion est contestable selon Voltaire, car source d'injustices. Il pousse même la critique plus loin lorsque Micromégas déclare, après avoir interrogé le philosophe malebranchiste : « autant vaudrait ne pas être » (chapitre VII) plutôt que d'être dépendant de la volonté de Dieu.

Critique des intellectuels et de l'éducation

Voltaire s'en prend ensuite à la manière de raisonner de certains intellectuels de son époque. En effet, le Saturnien symbolise une pratique que Voltaire conteste, à savoir le fait d'affirmer les choses sans les éprouver réellement. À plusieurs reprises, Micromégas dénonce le jugement trop hâtif de son ami saturnien.

Les deux géants démontrent également que les hommes, aussi savants se croient-ils, ne remettent pas en question leur connaissances face à un fait qui leur semble tout à fait « extraordinaire » : les hommes réagissent de manière excessive lorsqu'ils entendent pour la première fois la voix de Micromégas, l'apparentant à un artifice diabolique et ne parvenant pas à en identifier la provenance, ne voulant pas remettre en question leurs connaissances et tirant des conclusions trop rapidement (chapitre V).

Les philosophes ne remettent en outre pas en doute les paroles de leurs ainés, alors qu'ils ne les comprennent pas tout à fait : « Il faut bien citer ce que l'on ne comprend point du tout dans la langue qu'on entend le moins », déclare le partisan d'Aristote (chapitre VII).

De la conversation qu'entretiennent Micromégas et le Saturnien avec les philosophes, aucune base de connaissance solide et commune n'apparait, laissant place à une cacophonie que le géant tourne en ridicule dans chaque échange pour finalement s'en moquer ouvertement. Seul le disciple de Locke, philosophe apprécié de Voltaire, sera pris au sérieux.

Voltaire remet donc en question l'éducation et le raisonnement des intellectuels de son époque en montrant qu'il vaut mieux faire une expérience par soi-même plutôt que de se fier à celle des autres, sans hésiter à remettre en cause ses connaissances pour les approfondir.

Critique de l'anthropocentrisme

L'anthropocentrisme est un concept philosophique né durant l'Antiquité avec celui du géocentrisme. Cette pensée avance le fait que toute chose se rapporte à l'homme lui-même placé au centre de l'univers, tout devant être vu selon sa perspective et son appréhension du réel.

Ces deux concepts philosophiques sont complémentaires et trouvent leur source chez Aristote. Ils mettent en avant le fait que la Terre est le centre de l'univers autour duquel toutes les autres planètes gravitent (géocentrisme), et que l'homme est lui-même au centre de toute chose, l'univers étant créé pour lui et toute chose devant être vue selon son appréhension (anthropocentrisme).

La théorie du géocentrisme a été contestée par de nombreux scientifiques tels que Copernic (1473-1543) et Galilée (1564-1642) des siècles plus tard. À l'époque de Voltaire, ces deux notions ont été contestées officiellement, mais continuent d'avoir une influence sur les mœurs, notamment du point de vue de la religion et de la politique (monarchie absolue de droit divin).

Par l'histoire même du conte qui relate les aventures d'un étranger provenant d'une étoile lointaine, Voltaire entre en contradiction avec cette pensée en présentant les péripéties du point de vue du géant. Le fait que le protagoniste soit démesurément grand accentue encore une fois l'idée que l'homme ne domine pas : il est à peine visible pour les deux géants, et Micromégas est contraint de fabriquer un microscope pour remarquer leur existence sur la Terre, cette « petite fourmilière » (chapitre I) peuplée d'« animalcules » (chapitre VII), d'« atomes intelligents » (*ibid.*).

La théorie de l'anthropocentrisme trouve dans le conte son

porte-parole en la personne du docteur de la Sorbonne, « un petit animalcule en bonnet carré, qui coupa la parole à tous les animalcules philosophes » (*ibid.*). Ici, le personnage est d'emblée déconsidéré puisqu'il n'appartient pas à la catégorie des penseurs, réduit à sa petitesse et à son statut social. Ses propos ne reçoivent aucune réponse de Micromégas et du Saturnien, si ce n'est leur rire moqueur.

Plus qu'une critique de ce concept philosophique, c'est une critique de la société construite autour de cette notion dépassée que fait de manière indirecte Voltaire, religion et monarchie étant basées sur des idéaux proches de cette théorie, alors même qu'elles représentent le pouvoir en France. L'homme apparait comme microscopique face à Micromégas, tant du point de vue de la taille que du point de vue de la sagesse.

UN VOYAGE VERS LA PHILOSOPHIE IDÉALE

Voltaire se sert de ce récit pour relever, au cours du voyage entrepris par Micromégas, les points de dysfonctionnement de la société, ses injustices, et pour dresser les fondements d'une philosophie qui lui semble idéale.

Raisonner juste

Micromégas entreprend un voyage afin d'achever sa formation. Accompagné du « nain » de Saturne, ce cheminement lui permettra d'acquérir de nouvelles connaissances et de construire sa pensée.

Plus que la formation de Micromégas, le lecteur assiste à

celle du Saturnien qui apprend à bien raisonner. En effet, ce dernier forge son jugement souvent trop rapidement, ce qui a pour conséquence de lui fournit une mauvaise interprétation du monde. Lors de la dernière étape du voyage, le nain reconnait ses torts et l'intérêt d'un bon raisonnement :

> « Je n'ose plus ni croire, ni nier, dit le nain ; je n'ai plus d'opinion. Il faut tâcher d'examiner ces insectes, nous raisonnerons après. » (chapitre VI)

Pour raisonner juste, il faut se forger sa propre expérience sur les éléments perceptibles, bien éprouver le réel avant de positionner son point de vue.

Si Micromégas incarne la bonne raison, les hommes servent ici de contre-exemples : chaque philosophe interrogé par le géant se base sur la théorie d'un maitre, sans remettre en question ses propos ni même les comprendre dans le cas du philosophe aristotélicien.

Micromégas, le philosophe idéal

Micromégas est l'incarnation même du philosophe idéal. Il est qualifié à plusieurs reprises de « sage », renvoyant à l'essence même du mot « philosophie » qui vient du grec et qui signifie « amour de la sagesse ». C'est par le biais de ce personnage que Voltaire pose les fondements de sa philosophie.

Le concept premier de cette idéologie et d'admettre que l'on ne sait rien. La grandeur du philosophe est visible à travers sa conscience de ne pas être savant. On perçoit cette humilité dans le nom du personnage principal qui renvoie à la grandeur de la sagesse et à la petitesse de notre savoir sur le monde. Cette idée n'est pas sans rappeler la philosophie de Socrate (470-399 av. J.-C.) qui tenait les mêmes propos et auquel le livre vierge que Micromégas offre aux hommes fait également référence : le premier philosophe n'a jamais écrit un seul livre, car selon lui celui qui sait admet ne rien savoir. On pourrait d'ailleurs voir dans ce conte philosophique une référence aux dialogues mettant en scène Socrate et son disciple écrits par Platon : Micromégas représenterait Socrate tandis que le nain ferait figure de disciple. La bonne philosophie serait donc d'accepter l'ignorance, de faire preuve d'humilité (le géant s'abaisse d'ailleurs au niveau des hommes pour les comprendre) et de raisonner à partir de nos sens et non d'une pensée arbitraire dictée par des intellectuels reconnus.

Cette philosophie s'articule également autour du déisme, concept religieux et métaphysique dont Voltaire est adepte. Intermédiaire entre le théisme (croyance se basant sur une doctrine dépendant de l'existence d'une ou plusieurs divinités) et l'athéisme (refus de croire en l'existence d'une ou plusieurs divinités), le déisme ne nie pas l'existence d'un dieu à l'origine de l'univers, mais rejette tout culte et toute prescription. La religion prônée par Voltaire est tournée vers la nature ; l'homme est détaché de Dieu dans ses actes et pensées : il tire des conclusions et ses connaissances de ses propres raisonnements, et non de concepts déjà existants. On retrouve cette idée à plusieurs reprises dans le conte :

- lorsque le Saturnien assimile la nature à divers éléments afin de la décrire, Micromégas réfute ces comparaisons (chapitre II) : la nature est la nature, elle ne se compare pas ;

* la religion du christianisme est rejetée ;
* le livre offert aux hommes par le protagoniste pourrait symboliser cette forme de religion ne se basant sur aucun texte sacré.

Le voyage entrepris par Micromégas permet donc à Voltaire de poser sa raison face à la déraison qui habite les hommes et montre que l'expérience est à la source de toute connaissance : là est la véritable philosophie.

Votre avis nous intéresse !
Laissez un commentaire sur le site de votre librairie en ligne
et partagez vos coups de cœur sur les réseaux sociaux !

PISTES DE RÉFLEXION

QUELQUES QUESTIONS POUR APPROFONDIR SA RÉFLEXION…

- Comparez le personnage de Micromégas à d'autres figures de géants comme Gulliver ou encore Gargantua. Qu'ont-ils en commun ?
- Pourquoi, à votre avis, Voltaire fait-il de son héros un géant ?
- Pourquoi peut-on dire que le personnage de Micromégas annonce celui de Candide ?
- Établissez le portrait du philosophe idéal selon Voltaire. En quoi Micromégas en est-il l'incarnation ?
- Comment les géants perçoivent-ils les philosophes qu'ils rencontrent sur Terre ?
- Qu'est-ce que Voltaire reproche à la justice dans cette œuvre ?
- Qu'est-ce que l'anthropocentrisme ? Quelle est l'opinion de Voltaire à ce sujet ?
- Reconstituez la définition que Voltaire donne de la raison dans cette œuvre.
- Comparez la démarche de Voltaire dans *Micromégas* à celle de Montesquieu (1689-1755) dans *Les Lettres persanes*.
- *Micromégas* est, comme d'autres œuvres de Voltaire, un conte philosophique. À votre avis, pourquoi Voltaire a-t-il recours à ce genre ?

POUR ALLER PLUS LOIN

ÉDITION DE RÉFÉRENCE

* Voltaire, *Micromégas*, in *Romans et contes*, Paris, Garnier-Flammarion, 1966.

ÉTUDE DE RÉFÉRENCE

* *Dictionnaire des littératures de langue française*, Paris, Bordas, 1987.

SUR LEPETITLITTÉRAIRE.FR

* Commentaire du chapitre I de *Candide ou l'Optimisme* de Voltaire.
* Commentaire du chapitre III de *Candide ou l'Optimisme*.
* Commentaire du chapitre XIX de *Candide ou l'Optimisme*.
* Fiche de lecture sur *Candide ou l'Optimisme*.
* Fiche de lecture sur *Jeannot et Colin* de Voltaire.
* Fiche de lecture sur *Le Monde comme il va* de Voltaire.
* Fiche de lecture sur *L'Ingénu* de Voltaire.
* Fiche de lecture sur *Zadig ou la Destinée* de Voltaire.

ISBN version numérique : 978-2-8062-9153-0
ISBN version papier : 978-2-8062-9154-7
Dépôt légal : D/2016/12603/889

Avec la collaboration d'Apolline Boulanger pour l'analyse du Saturnien et des philosophes, ainsi que pour les chapitre « *Micromégas*, un conte philosophique », « Une critique de la société du XVIIIᵉ siècle » et « Un voyage vers la philosophie idéale ».

Conception numérique : Primento,
le partenaire numérique des éditeurs.

Ce titre a été réalisé avec le soutien de la Fédération Wallonie-Bruxelles, Service général des Lettres et du Livre.

Retrouvez notre offre complète sur lePetitLittéraire.fr

- des fiches de lectures
- des commentaires littéraires
- des questionnaires de lecture
- des résumés

ANOUILH
- Antigone

AUSTEN
- Orgueil et Préjugés

BALZAC
- Eugénie Grandet
- Le Père Goriot
- Illusions perdues

BARJAVEL
- La Nuit des temps

BEAUMARCHAIS
- Le Mariage de Figaro

BECKETT
- En attendant Godot

BRETON
- Nadja

CAMUS
- La Peste
- Les Justes
- L'Étranger

CARRÈRE
- Limonov

CÉLINE
- Voyage au bout de la nuit

CERVANTÈS
- Don Quichotte de la Manche

CHATEAUBRIAND
- Mémoires d'outre-tombe

CHODERLOS DE LACLOS
- Les Liaisons dangereuses

CHRÉTIEN DE TROYES
- Yvain ou le Chevalier au lion

CHRISTIE
- Dix Petits Nègres

CLAUDEL
- La Petite Fille de Monsieur Linh
- Le Rapport de Brodeck

COELHO
- L'Alchimiste

CONAN DOYLE
- Le Chien des Baskerville

DAI SIJIE
- Balzac et la Petite Tailleuse chinoise

DE GAULLE
- Mémoires de guerre III. Le Salut. 1944-1946

DE VIGAN
- No et moi

DICKER
- La Vérité sur l'affaire Harry Quebert

DIDEROT
- Supplément au Voyage de Bougainville

DUMAS
- Les Trois Mousquetaires

ÉNARD
- Parlez-leur de batailles, de rois et d'éléphants

FERRARI
- Le Sermon sur la chute de Rome

FLAUBERT
- Madame Bovary

FRANK
- Journal d'Anne Frank

FRED VARGAS
- Pars vite et reviens tard

GARY
- La Vie devant soi

GAUDÉ
- La Mort du roi Tsongor
- Le Soleil des Scorta

GAUTIER
- La Morte amoureuse
- Le Capitaine Fracasse

GAVALDA
- 35 kilos d'espoir

GIDE
- Les Faux-Monnayeurs

GIONO
- Le Grand Troupeau
- Le Hussard sur le toit

GIRAUDOUX
- La guerre de Troie n'aura pas lieu

GOLDING
- Sa Majesté des Mouches

GRIMBERT
- Un secret

HEMINGWAY
- Le Vieil Homme et la Mer

HESSEL
- Indignez-vous !

HOMÈRE
- L'Odyssée

HUGO
- Le Dernier Jour d'un condamné
- Les Misérables
- Notre-Dame de Paris

HUXLEY
- Le Meilleur des mondes

IONESCO
- Rhinocéros
- La Cantatrice chauve

JARY
- Ubu roi

JENNI
- L'Art français de la guerre

JOFFO
- Un sac de billes

KAFKA
- La Métamorphose

KEROUAC
- Sur la route

KESSEL
- Le Lion

LARSSON
- Millenium I. Les hommes qui n'aimaient pas les femmes

LE CLÉZIO
- Mondo

LEVI
- Si c'est un homme

LEVY
- Et si c'était vrai…

MAALOUF
- Léon l'Africain

MALRAUX
- La Condition humaine

MARIVAUX
- La Double Inconstance
- Le Jeu de l'amour et du hasard

MARTINEZ
- Du domaine des murmures

MAUPASSANT
- Boule de suif
- Le Horla
- Une vie

MAURIAC
- Le Nœud de vipères

MAURIAC
- Le Sagouin

MÉRIMÉE
- Tamango
- Colomba

MERLE
- La mort est mon métier

MOLIÈRE
- Le Misanthrope
- L'Avare
- Le Bourgeois gentilhomme

MONTAIGNE
- Essais

MORPURGO
- Le Roi Arthur

MUSSET
- Lorenzaccio

MUSSO
- Que serais-je sans toi ?

NOTHOMB
- Stupeur et Tremblements

ORWELL
- La Ferme des animaux
- 1984

PAGNOL
- La Gloire de mon père

PANCOL
- Les Yeux jaunes des crocodiles

PASCAL
- Pensées

PENNAC
- Au bonheur des ogres

POE
- La Chute de la maison Usher

PROUST
- Du côté de chez Swann

QUENEAU
- Zazie dans le métro

QUIGNARD
- Tous les matins du monde

RABELAIS
- Gargantua

RACINE
- Andromaque
- Britannicus
- Phèdre

ROUSSEAU
- Confessions

ROSTAND
- Cyrano de Bergerac

ROWLING
- Harry Potter à l'école des sorciers

SAINT-EXUPÉRY
- Le Petit Prince
- Vol de nuit

SARTRE
- Huis clos
- La Nausée
- Les Mouches

SCHLINK
- Le Liseur

SCHMITT
- La Part de l'autre
- Oscar et la Dame rose

SEPULVEDA
- Le Vieux qui lisait des romans d'amour

SHAKESPEARE
- Roméo et Juliette

SIMENON
- Le Chien jaune

STEEMAN
- L'Assassin habite au 21

STEINBECK
- Des souris et des hommes

STENDHAL
- Le Rouge et le Noir

STEVENSON
- L'Île au trésor

SÜSKIND
- Le Parfum

TOLSTOÏ
- Anna Karénine

TOURNIER
- Vendredi ou la Vie sauvage

TOUSSAINT
- Fuir

UHLMAN
- L'Ami retrouvé

VERNE
- Le Tour du monde en 80 jours
- Vingt mille lieues sous les mers
- Voyage au centre de la terre

VIAN
- L'Écume des jours

VOLTAIRE
- Candide

WELLS
- La Guerre des mondes

YOURCENAR
- Mémoires d'Hadrien

ZOLA
- Au bonheur des dames
- L'Assommoir
- Germinal

ZWEIG
- Le Joueur d'échecs

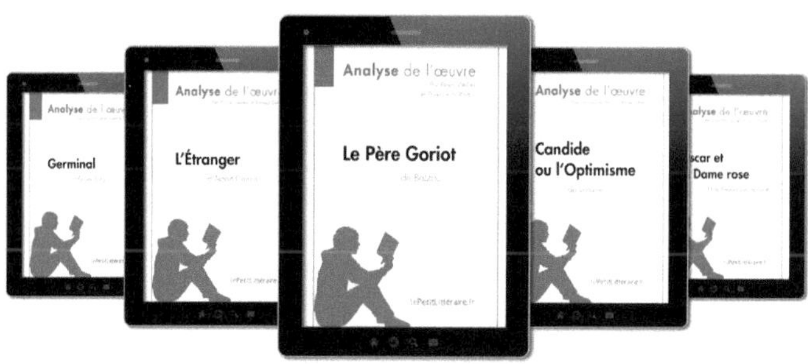